新潮文庫

ベージュ

谷川俊太郎著

新潮社版

11976

目次

ベージュ

あさ

めがさめる
どこもいたくない
かゆいところもない
からだはしずかだ
だがこころは
うごく

めがみる
ゆきがふっている
みみはきく

かすかなおと
ひとじちが
いきをしている
どこかで
いま

だれでも
しっている
いきものはいつか
しぬ
いのちは
いつもあやういのに
きもちはまぎれる
そらのくもに

そよぐさきに
うたに
よろこびに

そんな
じぶん
そんな
いきもの
しぬまでの
とき…

しんだあとの
ときへと
こころは
うごく

からだに
しばられながら
からだを
よろこんで
どこも
いたくない
あさ

からだは
ここにいて
こころは
うごく
どこまでも
いつまでも

香しい午前

まるで怠惰な川のように僕は静かな雨を降るにまかせている。ある時は暖く、ある時は濁って、たまに凍り長い間……。開拓者達が駈け去ってしまうと焚火が残る……。その火に映え、その煙にむせ、その灰に僕は涙を流す。

しかしある香《かぐわ》しい午前、僕は眼を覚ます。世界に似た夢から。そしてロケットのように美しい姿勢で僕の意志が生まれる。滅ぶことを知っている、そしてその上に戦うことを知っている美しい意志が生まれる。そしてそのような時こそ僕はほんとうにうたうことが出来る。僕の死にむかって、僕の誕生にむかって、数しれぬ島宇宙のかなたにむかって、猿のような人達のいた野原にむかって、冷えてしまった太陽にむかって僕はうたうことが出来る。

窓の外に灰色の空を背景に、若い樹木の美しい恣意の姿勢を僕は見る。ある香しい午前を僕は空想する。

1951.4.4

退屈な午前

帰り道を知らないのに朝、私はいつの間にか帰って来ていた。どこへ行っていたのかという答えのない問いかけをする若さとは、もう絶交だ。見慣れたものが目に入るだけで昨夜が今朝に切れ目なくつながっていることに安心する。

かつて遠望していた午前の地平を、未来を望む高低様々な建物群がデモしている。無音のシュプレッヒコールは、早口の数字と化して空を騒がす。

今日の約束はなんだったか、忘却の快感を味わいながら、私は顔を洗い、サプリメントを白湯で流し込み、情報と宣伝の深海の探検を諦めている朝刊を開き、燃えるゴミへと閉じる。
ミルクを温め紅茶を淹れ机の前に座る。何故か数日来読み続けている本を引用したくなる。ジャック・ロンドン、行方昭夫訳の『どん底の人びと―ロンドン1902』からの引用の引用。

「人を惨めにするのは死ではない。飢え死にすることでさえ人を惨めにはしない。（中略）人を惨めな思いに追い込むのはむしろ、惨めに『生きる』ことなのである。（後略）――カーライル」

惨めに生きてはいないのに、底に見え隠れする惨めな思いと縁が切れない、そんな風に人間世界はなりつつあるような気がする。

2019.6.1

イル

今日
私がイル
のである
昨日も私はイタ
姿かたちは違っていたが
八十七年前もイタらしい
のである
犬でも
猫でもない
私が

今も昔もイル
のである

イルから
あなた
なのよと
女が言った
イルから
うざい
と男が言った
それがどうしたと
私は思った
空が青い
今も昔も青いが
マンネリない

昨日
財布を
失くした
何人か
人が死んだ
皆知らない人だ
世間は広い
世界は
もっと広いから
悩む
海も山も
知らん顔だ

これでいいのか

と思う
カケラしか
見えない
静寂が
聞こえない
なのに
イル
私がイル
平気で
今も

この午後

この午後、私は何一つすることがない、ただはるか彼方から聞こえてくる微かな音楽のようなものに耳をすます他に。目の前に開かれたページの上の、明朝活字の美しさに心を惹かれるが、その意味を辿る気持ちになれない。文字も自然から生まれた植物の一種ではないか、ふとそんな思いが心をよぎる。

私にとって彼方とは此処からどれほどの遠さのことなのだろう。数学や物理学で測ることのできない空間が時間とともに揺らめいていて、そこにはきっと見えるものは何も無いのだが、無いからこそそこから何かが聞こえてくるのではないか。

突然早く夜になってほしいと思った。薄曇りの午後の穏やかな光は、何かを覆っているのではないか、誤魔化しているのではないか。若い頃、青空はその有無を言わせない美しさで、限りない宇宙の冷酷を隠していると考えたものだが、人間の尺度を超えたものに対するもどかしさと、故知らぬ腹立たしさのようなものは、齢を重ねた今も時折私を襲う。

インドを旅した折、チャイという飲み物に親しんだ。五感に訴えるこの地上のもろもろをよすがに、これまで私は生きて来た。来たと言うからには、どこに到着したのか承知していても良さそうなものだが、現在ただ今がまだ途上なのだという感覚も否めない。チャイの椀を置いて、私は豪華な夕焼けを子どものように待ち望んでいる。

その午後

その午後、私は自分ではない私になりたいと夢想していた。私であることからは逃れられないとしても、木々を渡る風みたいな、或いは河のように流れやまない私が、今の自分の中で動き続けていて、何かのきっかけで、ふっと見知らぬ寂れた建物の中で蛇口からコップに水を注ぎ、それをテラスに持ち出して立ったまま遠くの丘を眺めている。もう縺《もつ》れたもの底無しのものには捕まりたくない、短い旋律と、ありふれた和声で出来ている小さな曲が鳴っている。そんな私は過去にいたような気がするし、未来にだっているかもしれない。

人間社会は本当にこのままいつまでも、嘘と暴力にまみれながら続いていくのだろうか。青空に白い雲が浮かんでいる、あそこには嘘も暴力も無いと思ったら、救われたような気分になったが、気分は長続きしない。生まれてから長い時が過ぎて、いつか私も人間として生きてきたけれど、歳をとるにつれて、人間ではないただの生きものとしての私が、ずっと自分を生かしていたのだと気づくようになる。玄関のチャイムが鳴って夢想から覚めた。格安の墓地はいかがですかと、若い女が明るく言う……

にわに木が

にわに木がたっている
木のむこうにそらがひろがっている
そのむこうには
なにもない
いや
あるのだ
ほんとは
みえないけれど
きこえないけれど
うん

てでさわれなくても

それはなにか
そう
なんとよんでもいい
にわの木は
むかしからコナラ
あんしんする
なまえ
おぼえているかな
しんだ
あいつ
なまえのかずかず

あ　きこえる

とおいおと
バイオリンと
ピアノ

いすにすわって
むかしのひとの
ほんをよむ
ことばは
いま
うまれたばかり
みたい
といかけられていないのに
わたしではなく
わたしのいのちが
こたえている

わたしは
うん
どこか
とおくへいきたいのだ
ここから
とおい
しらないのに
なつかしいどこか
そこには
はやしがある
ちいさなかわがながれている
そこへ

しらないことは

いつまでも
しらないまま
そう
しっているやまをみて
しっているうみのにおいをかいで
いきている
いまも

にわに木がたっていて
そのうえに
そらは
ある
ありつづける
わたしが
うまれるまえから

わたしが
しんだあとまで
たぶん

わたしがそういうと
あなたは
うなずいた

だまってうなずいた
あなたが
すきだ

階段未生

階段は言葉を待っていた
階段は階段以外の言葉をもっていなかったから
誰かが別の言葉で愛してくれるのを
あるいは詮索してくれるのを待っていた

階段はけっこうな歴史を私有していたが
自分の誕生の時を覚えていなかった
自分が木材だった時のことは覚えている
それ以前の樹木だったころのことも覚えている

だが自分がいつ階段になったのかが分からない
自分が属している建物の竣工式の時
すでに自分が階段であると自覚していたのだが
その日を誕生日とすることは意識下で拒んでいた

女生徒たちが賑やかに喋りながら下りてゆく
そんな時階段は自分が自分であることを疑わない
だが放課後の人っ子ひとりいない夕方
階段は自分の存在がどこかへ彷徨い出てゆくのを感じる

詩人はそんな階段にふさわしい言葉を贈りたいと思った
だが「階段よ」と呼びかけた瞬間に
もう階段という語が現実の階段に貼り付いて
階段そのものはその陰に身をひそめてしまう

階段という語に煩わされずに階段の実在に迫りたい
詩人は我が身を白紙と化して霊感を待つが
意識にこびりついた猥雑な語彙に阻まれる
自宅に近い駅の階段を上りかけて彼は立ち止まる

この階段は母校のあの階段と明らかに違っているのに
同じ階段という語で呼ばれている
言語は個別を疎外する
言語の本質は全体主義的だと彼は思う

だが母校の階段を見て彼は驚いた
それが記憶とあまりに異なっていたからだ
詩人は記憶よりも更に深いところに階段を探す
そこはもう階段という語の存在しない世界だ

文字はない音もない光も闇もないのに
何かがゆっくり渦巻いている気配
心にも生臭い内臓があるのか
それともこれは異次元からのエネルギーか

苦しみの呻きではない
歓びの喘ぎでもない
声帯を震わせず鼓膜にも届かずに
魂の古層に蟠《わだかま》るコトバ以前の無音の母音の波動

あいうい う……うおいあえ……あおうおう……
階段とは似ても似つかずたおやかにひろがる波紋の
無意味であるがゆえの暖かい感触にうっとりして
詩人は母校の放課後の階段に座りこんでいる

この階段

上っていったことはあるが
下りてきたことがないこの階段
私は突き当たりの部屋に
まだいるのだろうか

ひとあしひとあし上ったのだった
ひとりで
自分の靴音を聞き
自分の息を感じ

何故か踊り場で立ち止まった
上るのは間違いか
下りるべきなのか
だが答えはなく

また上り始めたのだった
理科室へ向かう小学生のように
松林の向こうからの
波音を聞きながら

もし屋上に出られたら
遠くの山並みを眺めたい
真下の家々を見下ろしたい
遊ぶ子どもらも

だがそこまでは上れなかった
手すりなどなかったのに
人の手の脂に磨かれた
滑らかな感触だけが残って

何人がここを上ったのか
どんな理由で
むっつり黙りこくって
詩からはるかに遠く

この階段の話をしたい
この階段の話を聞きたい
この階段の話を聞いてほしい
ここにこの階段があるのだから

階段を上った突き当たりの部屋に
そう思っている私がいる

路地

路地を挟んで
建物と建物が
身を寄せ合っている
寂しいひと組の
老人のように

歴史は
立ち止まっている
歌はおろか
睦言も

愚痴も聞こえてこない

石は既に
諦めているのだ
死ぬことを
無へ向かう
足音を

国家は
路地を煙たがって
広場に
旗を掲げ
風を待っている

路地は

いつも何処かに
通じている
幼児の笑い声を
夢見て

十四行詩二〇一六

日々のノイズ

沈黙の快楽に身を委ねて
饒舌の苦痛を嗤っていいものだろうか
結跏趺坐の若い僧の脳中を
日本国憲法が邪念のようによぎる

夢見ない眠りの闇を透かして
針葉樹林が見えたような気がして目覚めた
知らぬ間にココロがカラダを置き去りにする
それともカラダがココロを？

言語に依らない物語を誰もが生きているが
それらは語られずに埋葬される
読経も弥撒《ミサ》も一滴の涙もなく

そしてヘッドフォンからサティの音楽が聞こえ
このソネットもサティとともに
日々のノイズに紛れてゆく

詩人の死

あなたはもういない
立ち去ったのではない
連れ去られたのでもない
人間をやめただけ

八月のあの炎天下
プラカードを掲げながら
国民でも人民でも市民でもなかった詩人
ただの自分でしかなかったあなた

あなたを読むことができる
否定することもできる
でももう傷つけることができない

思い出へと追いやらずに私は生き続ける
ただひとりのあなたとともに
大勢の呟きと合唱と怒声に逆らって

明日が

老いが身についてきて
しげしげと庭を見るようになった
芽吹いた若葉が尊い
野鳥のカップルが微笑ましい

亡父の代から住んでいる家
もとは樹木だった柱
錆びた釘ももとは鉱石
どんな人為も自然のうち

何もしない何も考えない
そんな芸当ができるようになった
明日がひたひたと近づいてくる

転ばないように立ち上がり
能楽の時間を歩み始める
夢のようにしなう杖に縋《すが》って

新聞休刊日

雨が降っていて
木々が素直に濡れそぼっている
枝が雨に打たれて（むしろ雨とともに）
何か言いたそうに頭を垂れている

新聞から気持ちが離れても紙面は消えない
小さい暴力大きい暴力
それをおずおずと声高に否定する饒舌

感情を抑えて電車に駆け込む人々

亡霊のようなドローンの群れ
わっと泣き出すまるまる肥えた生後3ヶ月
遠くで実っているサクランボ

雨が降っていて
私の居所は見えて聞こえて匂っているが
このささやかな場所は私有できない

川の音楽

私は橋の上に立っています
振り返ると川がどこからかやって来て
前を見ると川がどこか私の知らない里へ流れていく
川はアンダンテの音楽を隠しています

何十年か前にも麦藁帽子をかぶって
橋の上から足の下の川の流れを眺めていた
川が水源から海まで流れていくことをそのころは知っていた
でも今はそんな知識はどうでもいいのです

川が秘めている聞こえない音楽を聞いていると
生まれる前から死んだ後までの私が
自分を忘れながら今の私を見つめていると思う

夕暮れの光にキラキラ輝きながら
川はいつまでもどこまでも流れていきます
笹舟のような私の思いをのせて

人々

人々はカビのように地表にはびこっています
人々はいっせいに呟いています　或いは
てんでに歌い踊っています
いずれ死は訪れるでしょうが

人々はお花畑にいます　或いは
いまだに爆心地にいます
もちろん怒りを隠していますが
それがもう哀しみへと腐りかけています

ヒトは人々に異を唱えますが
人々はイソギンチャクのようにヒトを捉えます
ヒトは人々に巣くう癌細胞になります

花々は人々に喜ばれますが花々は無関心です
雲はふんわり青空に横たわって
放射能は今日も出番を待っています

夜のバッハ

立ち枯れてしまった意味の大通りを
幼児の一団がよちよち歩いて行く
ほつれたセーフティネットにひっかかって
老爺が一人雀のようにもがいている

議会では夥しい法案が葬られ
台所では昔ながらの豆が煮えている
地下深くゴミと化した歴史は埋められ
ウェブは無数の言葉を流産している

終わりを先延ばしして物語は始まった
既に言われたこと書かれたことに
望ましい沈黙が象嵌されている

未来の真実は現在の事実を模倣するだろうか
夜のバッハが誰に聞かれるともなく
人々の耳に近くチェンバロで呟いている

六月の夜

硝子戸を開け網戸を開けると六月の夜
湿った冷気が部屋に入ってきた
何も見まい何も聞くまいとして座っていても
世界はどうしようもなく私に触れてくる

夜気にのってかすかに葉巻の香りがしてきた
思い出したくない異郷の街路
血が下水溝に向かって流れていた
昼間は庭の紫陽花を見ていた

ラジオで見知らぬ男女の声を聞いた
珈琲も挽いて淹れて飲んだ

一日は過不足なく過ぎていったけれど
持続低音のような感情は消えない
compassion が無益であるかのような
その深みから生まれ出るキメラを恐れる

泣きたいと思っている

木々の影が床に落ちて風に揺れている
床に熱い薬莢が乾いた金属音をたてて跳ね返る
乾いたふわふわのタオルが湯上がりの子をすっぽりと包む
笑っている幼児の写真とともに銃弾が男の胸を貫いた

ただ一つの一回限りの取り返しのつかない事実が
文字になり映像になって世界中に散らばって忘れられる
数小節の音楽になだめられて口を噤む若者の
饒舌なブログに見え隠れする暴力の波動

「アウシュビッツ以後、詩を書くことは野蛮だ」
勲章をもらった老詩人は照れながらアドルノを引用して
「詩人には野蛮人としての一面が必要だ」とつけ加える

夢も言語も失って世界はただの事実でしかなくなった
嗚咽でもすすり泣きでも号泣でもなく
泣き顔を見せずに泣きたいと思っている

蛇口

蛇口から水が滴って
その音が幸せだった
陽光はひとしなみに
女の上にも降り注いだ

戦火は気まぐれのように
時に遠のき時に近づく
何も気にかけるなと
村の長老は言う

道端に醜い花が群れている
海に隔てられた国で
男は物語を書きあぐねて
詩に向かう

…私は小声で話したいだけなんだ…

いつか詩は活字となって
大都会へ旅するだろう
そして一人の子どもの心を
優しく揺さぶる

原子炉は今日も無表情だ
周囲の防風林で蟬が脱皮し
読み捨てられた日刊紙が風に舞う

見知らぬ男が女に黙礼する

ヒトの耳目に入る物事は
星の数ほどあるが
耳目に無縁な物事は
一つしかない

…この私は本当に私だろうか…

多数をないがしろにして
ただ一つに目を凝らしたいが
焦点が合わない
その暈《ぼ》けを意味は喜ばないだろう

知らない人が花束をくれた

名札には花の名だけ
知らない人には不安が伴うが
花には安心してしまう

廊下を猫が歩いて行く夢を見た
私は死後のような気分
脈絡がないが不安ではない
目覚めたら外は小雨

…私はそこにはいなくてここにいるのだが…

常にマシンが動いている
皮膚の下で
また大気圏外で
まちまちの耐用年数で

なにもすることがない自由
その自由を味わう倦怠
そんな日は花がなくても
草木が色っぽい

大きな声がする
聞こえないのに解る声
沈黙で答えるしかない大声に
男は呟き込む

…その女は誰この男は誰…
海豹《あざらし》が考えこんでいる
と少年は思う

紺碧の大空のもと
地球は和む

蛇口から滴る水は
汚染されているだろう
神話の泉に向かって
少女は駆け出す

右手の小指ひとつとっても
謎に満ちている
この世に困惑するのだ
星雲が多過ぎて

…誰でもないみんな私・未来の髑髏…

三年前も始まりだった
昨日も始まり
今も始まり
終わりはヒトの外にある

名前をつけたい
訳のわからないそれぞれに
輪郭はぼやけているが
芯は日々更新されているはず

自分で自分に値札をつけて
草むらに捨てる快感
バーコードが何食わぬ顔で
凄まじい経済を懐胎している

…ほらねと言いたいのだ私は…

事実にはいつでも還れるが
それが現実なのかどうか
懐かしい歌の記憶が
うっすらと埃をかぶっている

箱の中のいや紙袋の中のいやここにあった
何かが無くなっているが
それが何だったか思い出せない
自分への悪態だったかもしれない

隣家の黒猫が優雅に庭をよぎり
満天星の花が咲いている朝
空回りしている哀れな疑問符

飛んでこい感嘆符！
…言葉の蛇口が出し放しになっている…

どんな言葉にも
一人称が見え隠れしていて
県境に連なる山々を徒歩で越えると海
そこに線引きされた見えない国境

地球を覆うデジタルの恩恵に今日も
米寿の男は沐浴している
本音が幻の原始林に木霊する
ヒトは皆神っぽい遺伝子を持っている

逃げたいのではないかと思う
無名が許されない言葉の世界から
ただそこにあるだけなのに
あるだけではすまない全てから

私というアナログメータの針が振れる
言葉の自分を丸めて捨てると
見えないエネルギーと一体になって
私は空を見上げて大の字になる

…カミの名に値するのは自然だけ…

映像がいつか村の戦火から
大気圏を脱した宇宙船に変わり
無音の画面を母親に抱かれた

幼児が見つめている
蛇口から水が滴っている

「その日」

「その日」ではない
また別の日
晴れていて私は街路でなく
キャベツ畑を歩きたい気分だった
並んで歩いている恋人は
口数が少なく不機嫌だったが
それが不快ではなかった

昨日私はカメレオンを見つめていた
友人から預かったのだが

ちっとも色が変わらない
私は事実の奥の真実を
何一つ知らないのではないか
母からも教わらなかったし
読んだ本も無駄だったような気がする

また別の日
突然恋人がやって来た
勤め先が倒産したと他人事のように言う
黄色いワンピースが眩しい
脱いで欲しいと言ったが脱いでくれなかった
いま自分は書きたいことを
書いているだろうか

人を愛するよりも殺す方が

たやすいと思ったことがある
何年も前に読んだ小説の一場面に
乾いたシーツの肌触りと匂いを感じた
あの懐かしさは何だったのだろう
日常にひそむそんな無時間は
永遠や無限にはないリアルがある

「その日」には
何か特別なことが起こったはずだ
木々の佇まいしか覚えていないのに
その日のことを思うと胸がいっぱいになる
「その日」そのままだがその日ではない
今日という日
何をどうすることも出来ない私だ

窓際の空きビン

窓際に空きビンが並んでいる
どれも透き通っているが
うすく色がついたのもある
形は揃っていない

ビンが液体に満ちていた時代
未明に戦争が始まった
歴史は今より無口だった

窓のむこうに古い団地が見える

そこに住んでいたひとと
毎日のように会っていたことがある
愛ではなかった

そのひとの老いた父親は詩人ということだった
古風な詩を書いて
薄い冊子を手作りしていた
「イデオロギーと呼ばれるものを信じない」
そんな一行を読んだことがある

川沿いの保育園の子らは
不恰好な帽子を被せられて
口々に小鳥のように囀っている

空きビンは空っぽを恥じるでもなく

満たされるのを待つでもなく
立ちつくしている

汽車は走りさり　わたしは寝室にいる＊

＊ジュール・シュペルヴィエル（嶋岡晨訳）

その汽車の硬い木の座席に僕は座っていました
銃を膝に老子を読んでいたのです
隣席の婦人とはたまたま戦後再会して
寝室を共にする仲になりました

その汽車の終着駅は大都会の北端にあって
僕の詩への執着はそこから始まりました
売店に並ぶ新聞の見出しが
どれもこれも韻を踏んでいたので

人々の陽気なお喋りの痛々しさに気づき
橋の下のゆるやかな流れに生きる魚の姿を見て
自分が意味と無縁な存在であると気づき
僕は制度から逃れようと南へ向かいました

オアシスに群れる駱駝が僕の乗り物で
いつか僕は物語の登場人物となったのでしたが
おかげで日々の真実を失いました
そんなときR＊＊と再会したのです

彼女は僕より先に目を覚まし
賑やかな街の古いビルで働きます
世界中で今も汽車は走りさりますが
線路は環状になっていて終着駅は見つかりません

寝室に残る資格があるのは老いた生き物だけ
僕は本の頁に挟まれて身動きがとれません
いたるところで音楽が聞こえていますが
それも巨大データの一部です

顔は蓋

「ぼくは寂しさを研究しているんだ、詩を通して」とその見知らぬ若者は言います。散歩の途中でたまたま言葉を交わすようになっただけの話です。「ジョスランの子守唄が、突然夕暮れの樫の木の後ろに隠れてしまったことがある」本当は言いたくないといった様子で若者は続けました。

「その時ぼくが感じた寂しさを、詩人は感情と呼ぶかもしれないが、とんでもない、あれは感情なんてものじゃない、ほとんど気体のような物質だった」相槌を打つ必要もないので私は黙って聞いていました。

「詩は短く書くに限る、だが俳句になってしまっては駄目なんだ、分かるだろ、寂しさが五七五に乗っ取られてしまうから」

葉を落とした並木道の道端のベンチに私たちは並んで座っていました。感情ではないのなら、君は寂しさを別の名前で呼ばなければ。そう私が言うと、その生意気な若者は答えました。

「仮に寂しさと呼ばれているものは、言語より出自がはるかに古いから、基本的に命名不可能なんだ」

だがどうしてそう寂しさにこだわるのかね、君という人は。

「寂しさは入り口です、そこからしか入れない世界があるんですよ」

無表情に大人びた口調でそう言って、若者は立ち上がりました。目をあげると、もう後ろ姿です。なんだか現実感が薄れてきて、私は自分を点景人物のように眺めました。

私と覚しい老人と若者が影絵芝居の人形になっています。ガムランの音が高まり、見ると二人はいつの間にか、絶えず形を変える雲のような巨大な何かと戦っているのです。その何かに名前を与えることが出来たら、若者に教えてやれるのに。

杖をついて私も立ち上がり、歩き出しました。ガムランに代わって今まで聞こえてこなかった街の賑わいが聞こえてきました。せわしなく行き交う人々を見ているうちにいきなり、〈顔は蓋〉という奇妙な言葉が私の心に浮かびました。どんなに言葉にしようと思っても、心を言葉で捉えるには限界がある、言葉の届かないところを表情が表すことがあるが、それを読み取るデリカシーが誰にでもあるというものでもない・・・

朕

皇帝は絹の掛け布団の下、絹の敷き布団の上で目覚めた。后の愛犬が皇帝の横にもぐり込んできた。后がつけたその狆《ちん》の名を皇帝は忘れている。

朕は本来何者でもないはずだ、朕はモーツァルトを聞きながら、后に爪を切ってもらうことだけを楽しみにしている中年男に過ぎない、と皇帝は思う。

辺境での兵たちの不満を皇帝は我がことのように聞くが、それが偽善だということに気づいていない皇帝を、后は許している。

花にはもう飽き飽きだと突然皇帝は言い出す。色も香りも萎れる風情も、朕を責めているとしか思えない、と皇帝は后に訴える。

この詩稿、実は皇帝が書いているのだ。先年無名の詩人が恭しく献上したものに自身が推敲を重ねて、もう原詩の面影をとどめていないのだが。

皇帝という三人称で書くのは止めたいが、朕という一人称もなんだか詩の場合は滑稽に響く。后は僕がいいのではないかと言う。人称の混在は文体を乱すので困る。

私（朕）は自国よりも異国の未来を夢見るのが好きだ。いかなる理由でか牛馬が（駱駝も）死に絶えて、移動には徒歩しかない異国の未来を私は羨む。

〈私は人を愛したことがあったろうか〉という題名の歌曲が都に流行っている。三度聞いて三度落涙したことを、朕（自分）は恥じていない。

心中の深みをしんしんと流れゆく清流に浮かぶ夥しい言葉の卵、いつかは蝶へと羽化して夢に現れてくれるだろうか。（ここは無名詩人の原稿のママ）

口数が少ないのに騒々しい大臣がいるが、罷免するには僕（皇帝）でさえ各方面に贈賄せねばならない。国庫には百足が棲息しているとの噂が耳に入る。

皇帝は遂に帝位を競売にかける決心をするが、最低入札価格が他国の通貨で表示されるのは自尊心が許さない、レアアースを単位とする表示ならその問題は回避できる。

帝位を買った某国の金融業の女は、后と別れるなら僕と結婚してもいいと言っている。皇帝退位後の年金の額は、国民投票で決定されるということだ。

皇帝には生まれつき私有という観念がなかったからか、退位後全財産を国有にするという裁定を、好きな弦楽四重奏曲の一節のようにしか聞かなかった。

僕（元朕）の所有だった広大な牧場は、国有化後隣国のマフィアが競走馬育成のために買い取った。僕の年金の額は、結局生活保護法に則って決定された。

平民になった僕は、皇帝だった朕といったいどこが変わったというのだろうか。今もモーツァルトは美しく、后の狆は相変わらずキャンキャン吠える。

元皇帝は軽自動車を駆って元后とともに、海辺に新しくオープンした画廊へ行く。夫妻に気づく者は誰もいない。詩作を断念した元皇帝は既に自伝を書き始めている。

色即是空のスペクトラム

高橋匡太への散華

では黒から始めてみようか
黒から始めるには勇気が要る
黒は昏い　黒はこの世からの出口だから
いやだからこそ黒を入り口にすることから始めなければ

黒は混沌
そこには未分化なこの世のあらゆるものがひそんでいる
そこから始めてどこへ行こうとするのか
闇から光への決まり文句をお前も辿ろうというのか

それが私たちホモサピエンスと呼ばれる哺乳類の一種の
時空の始めから与えられた自然というものだ
闇が光へと溶明しようとするように黒は白へと向かう
その目くるめく道程にこそあらゆる〈色〉が出現するのだ

死者の国は知らない
だが生者の国で色は限りない
どんなに繊細に名を与えようとしても
言葉は動き続ける色の階調のすべてを名付けることは出来ない

画布に塗られたとりどりの色に
夜の街の数え切れない光のきらめきに
無言でひそんでいるあえかな哀しみと憧れ
それらを覆う黒よりも恐ろしい白があることを知っているか

画家は白に線を描き形を生み色を置く
詩人も恐れげもなく白紙に文字を記し世界を意味で覆う
昼は太陽の光　夜は星明かり　そして原子の生む恐ろしい閃光
宇宙から視覚を恵まれて人は脳を唯一の宝としたが

朝の薄明　夕の薄明におののきながら魂は和む
揺れながら色が色とまぐわうとき
ためらいながら光が光へと身を任せるとき
生は死と穏やかに和解して

意味を超える存在の安らぎに人は目覚めるだろう

何も

何も言わず
何も書かずにいると
あぶり出しのように
詩がかすかに浮かんでくる気配
だが言葉で掬おうとすると
どこかへ消え去る

静けさを波立たせてしまう
言葉という無骨なもの
沈黙にひそむ世界のまぼろしを
詩は隠しているはずだが

裸の詩

文字を脱いで裸になって
詩が心の部屋に入ってくる
外では風が吹き荒れているが
部屋の空気は穏やかだ

静かな声で詩が呟くと
意味がしんしんと
雪のように降ってきて
床の上ですぐ消える

詩の裸体は美しい
だが見つめると姿はぼやけて
風にさやぐ木々に紛れる

脱ぎ捨てた文字をまとって
唐突に部屋から詩が去る
声の谺《こだま》ばかりを残して

言葉と別れて

広々とした青空のどこかから
白い雲のひと刷毛が現れて
風に流れるいとまもなく
すぐ消え失せるのを赤ん坊が見ている

老人の私もそれを見ているが
赤ん坊と違って私はそれを言葉で見る
その情景は私の内部から外部へ跳ぶ
私の中ですでに時は止まっている

書かれた情景は一枚の水彩画のように
意識の額縁に収まっている
赤ん坊を抱いて私は散歩から帰る

日常が当然のように戻ってきて
やがて西陽が家並みの向こうに沈む
詩が言葉と別れて闇に消える

詩の捧げ物

文字でも声でもない詩を
伝書鳩のように虚空に放ってみたい
詩はどこへ飛んで行くだろうか

青空が雲を生むように
自然に十分自然に
詩を生みたいと夢想している

バッハは音楽を神に捧げた
詩をいま何に捧げればいいのか

捧げるヒトならいないこともないが

曇り空に向かって唐突に
感謝したくなる朝は
詩を忘れている

葉の上の小さな虫を
じっと見ているだけで
心が静まるのはどうしてだろう

虚空に詩を捧げる
形ないものにひそむ
原初よりの力を信じて

どこ？

ここではない
うん
ここではないな
そこかもしれないけれど
どうかな

「場」をさがしあぐねているのだ
みちにあたるものは
まっすぐではなく
まがりくねるでもなく

どこかにむかっているらしいが

そうだ
まなつのあさの
くだりざかをわすれてはいけないな
ひとりよがりで
ひたすらおりてゆけばいい

「場」があることだけはたしかだから
うん
そうおもっているものたちはまだ
いきのびているはずだ
そこここでことばにあざむかれながら

とおくはなれたところにいても

そこにいれば
ほら
そこがここだろというばあさんがいて
わかものらははにかんでいる

とにかくいかねばならないなどと
いきごんでいたきもちが
きがついてみるといつか
うごくともなくうごく
くものしずけさにまぎれている

おんがくのあとについていっても
うん
みずうみのゆめがふかまるだけ
いちばんちかいほしにすらいけない

なさけなさをがまんするしかない

そう
ありふれたくさのはひとつみても
はじまっているのか
おわりかけているのか
みきわめるすべがないだろ

〈そう〉は〈うそ〉かもしれないとしりながら
きのうきょうあすをくらしているのが
きみなのかこのわたしなのかさえ
ほんと
といかけるきっかけがみつからない
ただじっとしているのが

こんなにもここちよくていいものか
「場」はここでよいとくりかえす
かぼそいこえがまたきこえてきた
きずついたふるいれこーどから

「場」がいきなりことばごときえうせて
うん
ときがほどけてうたのしらべになったとき
わたしはもう
いきてはいなかった

あとがき

詩を書いていると、私の中に時々ひらがな回帰という現象が起こる。普段書いている漢字ひらがなまじりに不満があるというわけではない。文字ではなく言葉に内在する声、口調のようなものが自然にひらがな表記となって生まれてくると言えばいいのか、意識してひらがなを選んでいるのではなく、文字にして書く以前にひらがなのもつ「調べ」が私を捉えてしまうのだ。その種の作がこの詩集にも数篇入っている。

来し方行く末という言葉は若い頃から知っていたが、それが具体的な実感になったのは歳を取ったせいだろう。作者の年齢が書く詩にどこまで影を落としているか、あまり意識したことはないが、自作を振り返ってみると、年齢に無関係に書けている詩と、年齢相応の詩を区別することはできるようだ。米寿になったが、ベージュという色は嫌いではない。

二〇二〇年六月

谷川俊太郎

解説

斉藤壮馬

なんで、詩の授業なんてあるんだろう。

小学生の春の午後、国語の時間にそんなことを考えた覚えがある。

読書家の祖母や教員の母の影響で、幼いころから本を読むのが好きだった。そのせいか、特に難しく考えなくても、問いにどう答えたら正解になるかがなんとなくわかる子供だった。

けれど、詩というのはもっと感覚的なものであって、学習指導要領的に読み解き、答えを導き出すものではないんじゃなかろうか。そんなこましゃくれたことを考えてもいた。

というより、そういう立場をとることで、自分は詩を、感性を尊ぶセンスのある人間なのだと、周囲に誇示したかったのだ。しかしなんのことはない、ただぼくは、それらしいうわべの「答え」を出すのは得意だが、その内側や外側、あるいはあわいにある無限の「ことばにできないもの」を味わう感性《センス》がなかっただけである。

母によれば、ぼくは言葉を話しはじめるのがかなり早く、朝から一人でカーテンに向かって一心不乱に話しつづけるような子供だったらしい。あまりそのころの記憶はないが、たしかに幼稚園くらいのときにはすでに、「なぜみんなこの感覚を言語化できないのだろう？」というような気持ちを抱いていた気がする。実に小賢《こざか》しい子供である。

だが同時に、言葉にできない無数の感覚を、畏《おそ》れとともに受け止めていたのもまた事実だ。たとえば、夏の午後に訪れる、抗《あらが》いがたくも心地よい眠気。濡《ぬ》れた石の上を裸足《はだし》で歩き、脊髄《せきずい》がそわりと撫《な》でられる震え。そういった名状しがたい、快も不快もないまぜになった感覚を、当たり前のように享受《きょうじゅ》してもいた。

しかし、言葉を覚え、世界が切り分けられていくうちに、そういった感覚――センス・オブ・ワンダーは失われ、設問に対して的確に解答する技術だけが磨かれていった。だから、詩の授業が苦手だった。

あなたはどう感じますか？

この詩を読んで、どう思いましたか？

ふだん、評論や物語の際には答えに窮するクラスメイトが、詩の授業ではハッとさせられるような視点で世界を照らす。そのまなざしは、ぼくにはない。羨《うらや》ましかった。悔しかった。自分は教科書通りにしか世界を見られない、つまらない人間なのだ。そう思った。

そんなぼくだが、詩そのものが嫌いなわけではなかった。授業の場を離れてしまえば、詩というのは散文よりもとっつきやすく、言葉がずらされ、つながり、きらきらしていて格好いい。宮沢賢治、中原中也、長田弘《おさだひろし》——たまに、一気に視界が開けるような詩と、詩人に出会うことがあった。

谷川俊太郎さんもその一人である。

今回、畏れ多くもこうして文章を書かせていただくにあたって、小さいころに触れた谷川さんの詩は何かしらんと思い、調べてみた。そうしたら、あるわあるわ、気づけていなかっただけで、谷川さんの言葉は、こんなにもたくさん自分の近くにあったのだと再認識した。

一番はじめがどれかは定かでないが、たとえば「かっぱ」などは、祖母がおんぶしながらひょうきんなリズムで口ずさんでくれたのを覚えている。あるいは、これは翻訳だが、レオ・レオニさんの絵本『スイミー』。もう何度読み返したかわからない不朽の名作だが、あまりにも懐かしくて先日買い直してしまった。

詩集としては、やはり『二十億光年の孤独』が印象に残っている。思えば、自分の宇宙的モチーフ好きの遠因はこの本にあるのかもしれない。また、浅学にして初めて知ったが、二〇一〇年に『トロムソコラージュ』で鮎川信夫賞を受賞されている。トロムソ——オーロラが見える街。ノルウェーの地で即興的に書かれた表題作を読みながら、ぼくは祖母のことを思い出していた。

祖母は旅好きで、世界中を回っては面白い土産《みやげ》や与太話を持ち帰ってくる人だった。ひょうきんな彼女の冗談にはよく担《かつ》がれたものだ。いくつか印象的なエピソードがあって、トロムソの話もその一つだった。いわく、

「このあいだ、ノルウェーでオーロラを見てきたんだけど、その場所がトログソっていうところだったんだよ。なんだか笑っちゃうじゃんねえ」

ふうんと聞き流したが、なぜだかその都市の名前が妙に記憶に残っていた。それから月日は流れ、つい先日、唐突に祖母の話を思い出したぼくは、「トログソ　オーロラ」で検索した。

〈次の検索結果を表示しています：トロムソ　オーロラ〉

おいおい、だいぶ話が違うじゃないかよおばあちゃん。思わず笑みがこぼれる。遠く離れた、見たこともない地で悠然とたなびくオーロラが、ぼんやりと眼前に浮かん

だ気がした。

さて、だいぶ本筋から逸《そ》れてしまったが、『ベージュ』の話である。こちらは谷川さんが八十八歳――米寿にして刊行された詩集であり、自選の未収録作に書き下ろしを加えた三十一篇からなっている。ベージュという素朴であいまいな色合いが、穏やかに心に寄り添うような一冊だ。

谷川さんの詩を読むのは、実は久しぶりではなかった。多くの縁が重なり、本業である声優の仕事で、「うそ」という詩を音楽トラックに乗せてポエトリーリーディング風に語る、というパフォーマンスをさせていただいたのだ。思えばそこから、もう道はつながりはじめていたのかもしれない。

「うそ」は全篇ひらがなで書かれ、それがいっそう独特のグルーヴを感じさせるのだが、『ベージュ』にもひらがなを多用した詩が複数収められている。たとえば冒頭の「あさ」やラストの「どこ?」がそうだ。

これについて、谷川さんは「あとがき」で、「詩を書いていると、私の中に時々ひらがな回帰という現象が起こる」と語っている。それは、「文字ではなく言葉に内在する声、口調のようなもの」であり、「文字にして書く以前にひらがなのもつ『調べ』が私を捉えてしまう」のだという。

ああ、すごくしっくりくる。

ぼくの言いたかったことは、感じたことは、もうすべてこのあとがきに書いてあった。しかも、すべてを語りすぎることのない、ユーモラスな筆致で。

ううむ、これ以上書きつらねるのは野暮かもしれない。が、いやいや、せっかくいただいたこの機会だ。不格好でも自分なりの言葉で、言葉にできないこの衝撃を語ってみよう。

表紙をめくり、「あさ」を目にした瞬間、直感的に、これは近年書かれたものではないか、と思った。僭越《せんえつ》ながら、感覚のほどけ方が、力みのなさが、二十代のそれではないように感じたからだ。初出を見てみると、二〇一八年。収められている詩の中では新しい方である。

先述のように「あさ」はすべてひらがなで書かれており、使われている単語も実に平易だ。しかしだからこそ、論理やルールの外側、言葉の外側にある感覚に触れられた気がした。世界が言葉の形をとって静かに語りかけているような、大気中の精霊がくすくす笑いながら囁《ささや》きあっているような……そんなイメージが、漠然と、けれど鮮やかに浮かんできた。

谷川さんが、言葉そのもので遊ぶというよりは、言葉を用いてそうでないものをまなざしているのは、詩集の後半を読むとより感ぜられる。たとえば、「何も」。そのまま引用しよう。

何も言わず
何も書かずにいると
あぶり出しのように
詩がかすかに浮かんでくる気配
だが言葉で掬おうとすると
どこかへ消え去る

静けさを波立たせてしまう
言葉という無骨なもの
沈黙にひそむ世界のまぼろしを
詩は隠しているはずだが

言葉で掬おうとすると／どこかへ消え去る。その感覚を、しかし言葉でもって表現する。それはたぶん、アイロニーではなく、愛だ。永遠に終わらない追いかけっこを楽しむような。

そこから続く「裸の詩」「言葉と別れて」「詩の捧げ物」も似たようなイメージを想起させる。

文字を脱いで裸になって
詩が心の部屋に入ってくる（「裸の詩」）

日常が当然のように戻ってきて
やがて西陽が家並みの向こうに沈む
詩が言葉と別れて闇に消える（「言葉と別れて」）

虚空に詩を捧げる
形ないものにひそむ
原初よりの力を信じて（「詩の捧げ物」）

もちろん、実際に谷川さんがこういうメッセージを込めているのだとか、この詩はこう読み解くのが正解だとか、そんなことを言うつもりはさらさらない。けれど、かつて子供だったあのころ、言葉以前の感覚で確かに感じていたあの世界のきらめきを、ぼくはこの詩たちから間違いなく感じとったのだ。それは誰にも譲れないぼくだけの宝物であり、ぼくだけの詩なのだ。

そして最後の「どこ？」。ぼくはこの詩がいっとう気に入った。「あさ」と同じくほぼひらがなで書かれているが、唯一「場」という言葉だけ漢字で書かれている。

場。

それは、人々が触れ、味わい、それぞれの感覚や物語を引き出すところ……あるいはそれを詩と呼ぶのかもしれないな、となんとなく思った。

そう
ありふれたくさのはひとつみても
はじまっているのか
おわりかけているのか
みきわめるすべがないだろ

〈そう〉は〈うそ〉かもしれないとしりながら
きのうきょうあすをくらしているのが
きみなのかこのわたしなのかさえ
ほんと
といかけるきっかけがみつからない

無性に泣いてしまいそうになる。けれどそれは、哀しいからだけではない。たぶんそうなんだろうと、言葉ではなく感覚でわかってしまうから。

「場」がいきなりことばごときえうせて
うん
ときがほどけてうたのしらべになったとき
わたしはもう
いきてはいなかった

わたしはもう／いきてはいなかった。でも、わたしは生きていなくても、「場」がなくなり、言葉が消えてしまっても、それでいい。ただ、すべてがそうあるだけなのだ。

繰り返すが、これはあくまでもぼくが個人的に『ベージュ』から取り出したポエジーである。だからこの読みを、この感覚を誰かに押しつけるつもりは毛頭ない。

これから歳《とし》を重ね、あらゆる「場」がさまざまに形を変えてゆく中で、折に触れてこの詩集を読み返し、そのたびごとに感じてゆくだろう。言葉によって紡《つむ》がれた、言葉ならざるものたちの息吹《いぶ》きを。

（二〇二四年九月、声優）

初出一覧

あさ　『E+motion 2018』二〇一八年

香しい午前　ノート（62のソネット以前）未発表一九五一年四月四日

退屈な午前　不明　二〇一九年六月一日

イル　「現代詩手帖」二〇一九年一月号

この午後　「午前」第十三号　二〇一八年四月十五日

その午後　「午前」第十二号　二〇一七年十月十五日

にわかに木が　本書（単行本）のための書き下ろし

階段未生　「北方文学」六十五号　二〇一一年六月

この階段　「新美術新聞」二〇一〇年四月

＊絵画「階段」（廣戸絵美作）に寄せて

路地　不明

十四行詩二〇一六

日々のノイズ／詩人の死／明日が／新聞休刊日／川の音楽

人々／夜のバッハ／六月の夜／泣きたいと思っている

「すばる」二〇一六年十月号

蛇口　「新潮」二〇二〇年一月号
「その日」　「森羅」十八号　二〇一九年九月
（「現代詩手帖」二〇一九年十二月号に再録）
窓際の空きビン　「詩人会議」二〇一八年八月号
汽車は走り去り　わたしは寝室にいる
「午前」第十四号　二〇一八年十月十五日
顔は蓋　「午前」第十五号　二〇一九年四月十五日
朕　「現代詩手帖」二〇一三年一月号
色即是空のスペクトラム
スパイラル「スペクトラム—いまを見つめ未来を探す」展
詩の公開制作二〇一五年九月二十九日
何も　不明
裸の詩　「詩人会議」二〇一三年一月号
言葉と別れて　「現代詩手帖」二〇二〇年一月号（「言葉を覚えたせいで」より）
詩の捧げ物　不明
どこ？　「アルテリ」九号　二〇二〇年二月

この作品は令和二年七月新潮社より刊行された。

ベージュ

新潮文庫　た－60－5

令和六年十二月一日発行

著者　谷《たに》川《かわ》俊《しゅん》太《た》郎《ろう》

発行者　佐藤隆信

発行所　株式会社　新潮社

郵便番号　一六二―八七一一
東京都新宿区矢来町七一
電話　編集部(〇三)三二六六―五四四〇
読者係(〇三)三二六六―五一一一
https://www.shinchosha.co.jp

価格はカバーに表示してあります。

乱丁・落丁本は、ご面倒ですが小社読者係宛ご送付ください。送料小社負担にてお取替えいたします。

印刷・株式会社精興社　製本・株式会社大進堂

ISBN978-4-10-126627-5　C0192